UN PETIT COUP DE POMPE

Pour Shemsi.
M. A.

UN PETIT COUP DE POMPE

Marion Achard

Illustré par Benoît Perroud

AS jeunesse

1

Je ne sais pas ce qui s'est passé ce matin-là.

Il faisait froid dans la cour de l'école. Le vent soufflait et le ciel était gris brumeux, comme juste avant qu'il se mette à neiger.

J'étais debout au milieu du terrain de hand-ball et j'ai mis mon visage face au vent pour respirer l'humidité. Plus rien ne freinait le souffle frais depuis que le jardinier de la ville avait coupé les haies de cyprès, à cause du chancre. Quelques jours plus tôt, il avait tout ravagé, laissant un trou de terre brune retournée le long du grillage. Puis, il avait minutieusement replanté de tout petits arbustes en soupirant qu'il faudrait plusieurs années pour qu'ils poussent et que la cour soit de nouveau habillée de vert et de fleurs au printemps.

J'étais donc là à regarder le grillage dénudé et à inspirer le vent glacé en me disant qu'il faisait drôlement froid. Et d'un coup, j'ai eu chaud.

J'ai senti mon front se couvrir de transpiration et j'ai frissonné quand le souffle gelé a séché les gouttes sur mon visage.

J'ai entendu Théo approcher et me tirer par la manche.

– Ça va ? T'es tout pâle.

J'ai cru que je tournais la tête. Mais je n'ai pas vu Théo. Alors j'ai pensé : *Je ne sais pas ce qu'il se passe*... C'était aussi confus que ça. Quelque chose n'allait pas.

Et juste au moment où j'ai senti que mon corps m'échappait, les premiers flocons se

sont mis à tomber. J'ai vu les minuscules cristaux blancs tournoyer autour de moi et tous les enfants dans la cour ont crié de joie. J'ai ôté mon blouson pour mieux respirer et j'ai entendu Théo appeler la maîtresse d'une voix inquiète.

J'avais si chaud que j'ai aussi enlevé mon pull et j'avais si soif que j'ai ouvert la bouche pour goûter quelques flocons et les laisser fondre sur ma langue. Et soudain, tout s'est mis à trembler. Un voile noir a couvert mes yeux et je n'ai pas eu le temps de tendre la main pour me rattraper. Je suis tombé en avant.

J'ai entendu le cri de Théo puis celui de la maîtresse.

Puis les battements sourds du sang contre mes tempes.

Puis plus rien.

2

Aux urgences de l'hôpital pédiatrique, tout le monde s'est affolé. On m'a allongé, on m'a piqué, on m'a branché. Ma vie s'est retrouvée suspendue entre deux fils de perfusion.

Quelques heures hors du temps, sans rêve ni souvenir. Puis les médicaments ont fait leur effet et j'ai rouvert les yeux. J'ai souri à mes parents qui attendaient, assis sur des chaises en plastique, au bord du lit. Derrière leur visage livide, j'ai aperçu les murs de la pièce, décorés de jolis géants multicolores. J'ai tourné la tête et j'ai vu l'infirmière qui surveillait ma perfusion. Elle avait une blouse rose, un autocollant sur son stéthoscope et une broche en forme de cœur.

Quand le médecin de l'hôpital est entré dans ma chambre, tout le monde l'a regardé en silence.

Il a d'abord fait "Hum hum..." pour s'éclaircir la voix, puis il s'est tourné vers moi et a dit :

– Tu es diabétique insulino-dépendant. C'est une maladie auto-immune. On va te mettre une pompe à insuline et t'apprendre comment t'en servir. Quand tu sauras faire des bolus et calculer tes doses d'insuline, tu pourras sortir.

Je l'ai regardé en ouvrant mes yeux tout rond.

J'avais rien compris.

Maman s'est mise à pleurer alors tout le monde s'est trouvé gêné dans la pièce

et a attendu en la regardant. Elle se tapotait le visage avec le mouchoir que lui avait tendu l'infirmière. Puis, comme les larmes n'arrêtaient pas de s'échapper de ses yeux, j'ai compris que ma maladie était très sérieuse.

Le médecin a encore demandé :

– Vous n'aviez pas remarqué qu'il était malade ?

Papa, maman et moi, on a tous fait "non" en secouant la tête silencieusement.

Pourtant, j'aurais dû comprendre que quelque chose n'allait pas, j'avais besoin de boire, de plus en plus. Je dormais mal car je me levais sans arrêt pour aller aux toilettes. D'abord une fois, puis deux, puis trois. Une nuit, j'étais tellement épuisé que je ne me suis pas réveillé et j'ai fait pipi au lit. Là, maman a dit que quelque chose n'allait pas.

Faire pipi au lit à huit ans, c'est gênant. Tout de suite, elle a cru que j'avais un problème avec l'école, avec la maîtresse ou quelque chose comme ça. Un problème psychologique, quoi. Du coup, mes parents et le docteur ont réfléchi à ce qui n'allait pas avec mes émotions. Moi j'avais bien une petite idée, parce que chaque fois que je voyais Anaïs dans la cour, j'avais le cœur qui s'affolait. Mais je n'ai pas osé le leur dire. Alors je suis resté comme ça, avec mon cœur qui s'emballait pour Anaïs et mon pipi au lit. Jusqu'au jour où j'ai été trop faible pour rester debout. Mon corps s'était épuisé.

Ce jour-là, je suis tombé.

Parce que la maladie était sournoise, toute neuve mais déjà victorieuse.

Le médecin de l'hôpital a essayé de tranquilliser mes parents :

– De toute façon, ça n'aurait rien changé… C'est une maladie qu'on ne peut pas arrêter.

Et il nous a expliqué que, si on pouvait me soigner, en revanche, je ne guérirais jamais. J'étais malade pour tout le reste de ma vie.

3

Dans les couloirs de l'hôpital j'ai rencontré un grand garçon : Arthur.

Je l'aimais bien, il était rigolo. Il me prenait dans ses bras et me faisait tourner en l'air. Puis il me posait par terre, me laissait une seconde d'avance et me courait après. Je m'enfuyais en poussant des cris et en laissant mon rire se cogner contre les murs. C'était toujours à ce moment-là que, par groupe de deux ou trois, les filles sortaient de leurs chambres et me barraient le passage en ouvrant grand leurs bras tout maigres. Elles essayaient de m'attraper pour m'embrasser. Elles qui ne mangeaient jamais rien, j'avais l'impression qu'elles auraient aimé me dévorer.

Arthur d'un côté, les filles de l'autre, j'étais coincé. Alors je me laissais glisser par terre en me tortillant, cherchant à échapper à leurs doigts pointus qui me chatouillaient les côtes.

Lorsque l'infirmière arrivait pour demander le calme, toutes les portes se refermaient. L'Arthur que je connaissais se métamorphosait. Son grand corps se voûtait, son visage se fermait, ses cheveux noyaient ses yeux. Une barre de mépris traversait son front, dissuadant quiconque d'essayer de lui parler.

Je frappais à sa porte.

– Arthur ?

Il me laissait entrer et je le découvrais assis sur le lit blanc de sa chambre, les

jambes pendantes et le regard dans le vide. Je m'asseyais près de lui un petit moment. Puis je grimpais sur ses genoux, sur son dos, sur ses épaules. Il me laissait l'envahir doucement. Il souriait, il rigolait, avant d'aller regarder si le couloir était vide.

– Les cerbères sont partis ! chuchotait-il.

Alors il hennissait et repartait à l'assaut de l'hôpital en galopant tandis que je m'accrochais à ses cheveux pour ne pas tomber.

Et les portes s'entrouvraient à nouveau, laissant apparaître le visage des filles qui nous regardaient passer en souriant.

Heureusement qu'Arthur était là. Parce que les adultes affichaient des têtes si tristes qu'on aurait pu croire que c'étaient eux les malades. Mon père, lui, paraissait toujours gai, mais je voyais bien qu'il faisait semblant. C'était facile à repérer : il avait la bouche qui souriait mais ses yeux restaient vides.

Au fil des jours, j'ai appris ce qu'il fallait pour vivre avec ma maladie.

Ils m'ont mis un capteur dans mon bras, et m'ont montré comment me scanner avec un boîtier qui me donne des chiffres toute la journée.

Je devais faire attention à tout ce que j'allais manger et me contrôler tous les jours. Dix fois par jour.

Ils m'ont donné une pompe dans une pochette qu'ils ont fixée à ma taille et qu'ils ont reliée à ma cuisse par un cathéter. Dedans il y a l'insuline que mon corps ne produit plus. Ma nouvelle vie, c'était ce petit engin bourré d'électronique.

Toujours accroché à moi.

Vital.

Une fois que j'ai su comment appuyer sur les boutons de ma pompe, appris à me scanner et compris tout un tas de mots bien trop compliqués, ils m'ont laissé rentrer chez moi.

Mes parents avaient tous les deux pris un jour de congé pour venir me chercher. Dans ma chambre, ma mère a replié tous les habits, puis elle a ramassé les cadeaux qu'on m'avait offerts et les a rangés dans un grand sac. J'ai contemplé le dinosaure au sourire orange peint sur le mur et je lui ai dit adieu.

Quand on est passés devant la chambre d'Arthur, j'ai vu qu'il entrebâillait sa porte pour nous regarder partir. J'ai espéré un signe derrière sa frange, mais il n'a pas bougé. Puis, juste avant qu'on tourne dans le couloir, j'ai vu son corps se voûter et le battant de la porte se refermer. Alors j'ai laissé mes parents dans le bureau des infirmières prendre les consignes et se rassurer une dernière fois. J'ai longé le couloir et j'ai frappé.

– Arthur ?

Je l'ai serré dans mes bras.

4

Le jour de ma sortie d'hôpital, maman a décidé de prendre les choses en main. Elle m'a traîné derrière elle, à petits pas stressés, me présentant à tous ceux qui me connaissaient déjà : la boulangère, la bibliothécaire, le maître nageur, la dame de la circulation... Elle est même allée dire à mon entraîneur que j'arrêtais l'escrime pour quelque temps.

Elle m'a emmené partout, réduisant à néant tous mes efforts d'autonomie :

– Il est diabétique, ne le laissez jamais seul.

M'enlevant le peu de dignité qu'on accorde à un enfant de mon âge :

– Il doit pouvoir faire pipi quand il veut !

Emplissant l'air de son anxiété :

– … Et surtout, n'hésitez pas à appeler les pompiers.

Répandant autour de moi une ambiance inquiétante :

– S'il manque de sucre, il va s'évanouir !

Ce jour-là, je suis devenu Paul le diabétique. Pas Paul le bon en maths, Paul le nul en fleuret, Paul le timide ou Paul le bon copain. Non, j'étais : Paul le diabétique. Voire : le diabétique.

J'ai compris que mon seul moyen de résistance serait de me laisser pousser la frange.

Quand tout le monde fut mis au courant, maman m'a laissé retourner à l'école en bourrant mes poches de morceaux de sucre. Je n'y suis pas allé tout seul comme avant. Non, elle a traversé la cour en me tenant la main devant tous les copains pour aller voir la maîtresse. Pendant qu'elle lui donnait une liste de recommandations longue comme une récitation difficile, je me suis échappé pour retrouver Théo.

Il m'a regardé approcher avec un petit sourire inquiet.

– Salut…

– Salut.

On s'est dévisagés un long moment et j'ai sorti une carte de ma poche. Un carton plastifié expliquant que je suis malade et donnant des consignes d'urgence.

– C'est quoi ?

– C'est ma carte d'agent secret. Si tu veux, je ferai une photocopie et on mettra ta photo.

Il l'a regardée. À la maison, j'avais gribouillé les lettres de "diabétique" pour écrire "diabolique" à la place. Théo a approuvé :

– On dessinera des lunettes de soleil sur la photo pour pas qu'on nous reconnaisse !

– Génial.

J'ai repris la carte pour la remettre dans ma poche mais il a quand même demandé :

– Tu vas encore t'évanouir ?

J'ai soupiré :

– Je ne pense pas…

Derrière Théo, vers les salles de classe, j'ai vu que ma mère avait fini de discuter avec la maîtresse. Je me suis dissimulé au coin du bâtiment, juste au moment où elle tournait la tête vers nous.

– Tu fais quoi ? a demandé Théo.

– Je teste une nouvelle technique de camouflage.

Il a dit : "Cool" et il s'est caché avec moi.

C'est à ce moment-là que j'ai repéré Anaïs à deux pas. Elle me regardait d'une drôle de manière tandis que j'étais collé contre le mur, essayant d'éviter ma mère. Mon ventre a fait un saut périlleux. Le temps que je trouve quoi lui dire, elle s'était déjà éloignée.

Il n'a pas suffi que ma mère s'en aille pour que tout redevienne simple. Elle avait à peine passé le portail que la maîtresse a crié :

– Paul !

C'était moi. Je me suis approché tandis que Théo s'enfuyait rejoindre les autres. La maîtresse m'a posé la main sur l'épaule et m'a souri :

– Tu te sens bien ? Tu me dis si ça ne va pas, tu n'hésites pas !

Puis elle a annoncé ma condamnation d'un geste de la main :

– Et tu restes par là, je veux te voir.

"Par là" indiquait la cour des maternelles et la moitié du terrain de hand-ball. Théo jouait à chat avec un groupe de copains et j'ai agité mes bras en l'air pour qu'il vienne jouer "par là" avec les autres. Mais il ne m'a pas vu.

Assis sur le petit banc des maternelles, j'ai baissé la tête. J'ai essayé de me soustraire au regard inquiet de la maîtresse.

Elle ne me quittait pas des yeux, comme si je pouvais m'écrouler à tout instant devant elle. J'ai pensé que c'était ma première récré et qu'elle allait s'habituer, que si je ne bougeais pas, elle finirait par m'oublier et que je redeviendrais un enfant comme tous les autres.

Un enfant qu'on n'a pas besoin de surveiller.

Un enfant à qui on fiche la paix.

J'ai reconnu sa jupe pleine de fleurs, mais j'ai gardé la tête baissée pour laisser à mon cœur le temps de se calmer. Elle s'est assise à côté de moi et s'est tenue là, en silence.

Anaïs.

Sa présence seule me suffisait. De toute façon, Anaïs ne parle presque jamais. Elle est lunaire, comme dit ma mère. C'est

joli. Anaïs habite avec sa grand-mère. Une vieille dame. La plus vieille de toutes les dames que j'ai jamais vues venir chercher un enfant à l'école. Elle a un visage fripé mais lumineux et des cheveux blancs, courts, toujours bien coiffés, un peu vaporeux. Parfois, les garçons taquinent Anaïs parce qu'elle ne vit pas avec ses parents. Mais elle leur répond que "quand on n'a rien à dire, il vaut mieux se taire". C'est une expression de sa grand-mère. Anaïs, quand elle ouvre la bouche, c'est souvent pour dire des choses comme ça. Des trucs de vieux.

Quoi qu'il en soit, elle est restée près de moi.

À la maison non plus, la vie n'a pas repris son cours normal. Il y avait toujours ces mesures à faire avant chaque repas puis le calcul des doses d'insuline à m'injecter avec le tableau que l'hôpital nous avait donné. Je regardais le liquide couler dans le cathéter jusque dans ma cuisse en me disant que, quand même, mon corps m'avait fait un sale coup. En douce, en plus. Je n'étais plus bien sûr de pouvoir lui faire confiance.

Les jours suivants, la maîtresse a tenu à me garder sous son regard. Et Anaïs est venue s'asseoir près de moi. C'était assez agréable de la savoir là, mais quand même moins agréable que de jouer à chat ou à l'agent secret. Au bout d'une dizaine de jours heureusement, j'ai discrètement quitté le petit banc pour rejoindre les copains. La maîtresse n'a rien dit et Anaïs est retournée vers ses amies d'avant.

5

Cet après-midi-là, quand nous sommes sortis en récré, Jules m'a apostrophé :

– Pourquoi t'es tombé malade ? Mon grand-père il a du diabète, mais il est vieux…

J'ai tenté d'expliquer :

– C'est pas la même maladie. Moi, j'ai un diabète “juvénile”.

Un petit groupe s'est rassemblé derrière lui. Ils semblaient curieux de me voir revenir dans le cercle des joueurs. Je n'avais pas vraiment envie d'expliquer encore une fois ce qui m'arrivait. J'avais juste envie d'aller m'amuser avec eux. J'ai essayé de passer le barrage de Jules mais il m'a attrapé par le bras et a insisté :

– T'as mangé trop de bonbons ?

J'ai fait non de la tête.

– Tes parents t'ont donné trop de sucre quand t'étais petit ?

J'ai encore fait non.

– Alors ils t'ont mal nourri !

– Non, j'ai fini par répondre, exaspéré, ça n'a rien à voir avec ce qu'on mange. C'est comme ça, c'est…

Mathieu m'a interrompu :

– Il paraît que c'est dans les familles. T'en as ou t'en as pas.

– Eh ben moi, j'en ai pas… s'est rassuré Liam.

Le petit groupe grossissait autour de nous. Théo nous avait rejoints, Anaïs aussi.

Jules a avancé sa tête vers moi :

– Ma mère, elle a dit que ça n'arrive pas à n'importe qui… et que rien n'arrive par hasard.

Je ne sais pas pourquoi ces paroles m'ont fait cet effet-là, mais j'ai senti une main glacée serrer mon cœur. Si ça n'arrive pas à n'importe qui, pourquoi ça m'était arrivé à moi ?

Anaïs a regardé Jules droit dans les yeux et lui a répondu :

– Non, ça n'arrive pas par hasard, ça arrive par erreur.

Je lui ai souri, mais c'était comme si les autres n'avaient pas entendu ses paroles. Jules a accusé :

– C'est p't-êt' parce que t'as fait quelque chose de pas bien dans ta vie ?

– Ou dans une autre vie ?

– Ou tes parents ?

– En tout cas, a conclu Jules, ma mère dit que ce genre de choses n'arrive pas pour rien.

Soudain, Anaïs s'est emportée. Elle s'est tournée vers lui et a explosé :

– Et toi, tu répètes sans réfléchir ce que disent tes parents.

Je ne la pensais pas capable d'élever la voix comme ça, mais Jules l'a toisée :

– Je répète ce que disent mes parents parce que j'en ai !

Et là, je ne sais ce qu'il m'a pris, mais j'ai bondi sur Jules avec juste l'envie de lui arracher les yeux, de lui mordre les oreilles et de le laisser assommé sur le sol.

Tout son petit groupe s'est mis à crier en nous voyant rouler par terre, et surtout à rigoler parce qu'il était clair que, contre Jules, je n'avais aucune chance. Même avec toute ma fureur, mon désespoir et les deux kilos que j'avais repris depuis ma sortie d'hôpital, je ne faisais pas le poids. Heureusement, pour la deuxième fois de l'année, Théo m'a sauvé en appelant la maîtresse. Elle a accouru pour nous attraper par nos blousons et nous tirer en arrière.

Alors même qu'elle nous tenait à bout de bras, je battais encore l'air pour essayer d'atteindre Jules. C'était vraiment de la frime.

– Mais qu'est-ce qui se passe ?

Elle nous a regardés avec ses sourcils froncés et elle a glapi :

– Chez la directrice, tout de suite !

Anaïs était toute pâle, elle est restée debout sans bouger tandis que les autres s'éloignaient discrètement de la colère de la maîtresse. Soudain, elle a poussé un petit cri. Je me suis tourné et j'ai vu ses yeux ronds. Elle a tendu le doigt pour désigner quelque chose. Ma pompe à insuline pendait hors de la pochette accrochée à ma ceinture. J'ai sursauté, dépité :

– Mon cathéter !

Il avait été arraché dans la bagarre.

Voilà comment j'ai échappé à ma punition. Maman est venue me chercher à l'école et la directrice, embêtée, s'est excusée puis s'est défoulée sur Jules. Elle a oublié de sonner la fin de la récré. Quand la voiture de maman a démarré, m'emmenant à la maison pour refaire mes soins, j'ai vu Anaïs, toujours debout au même endroit. D'une bourrasque, le vent a soulevé des feuilles qui sont allées s'accrocher à sa jupe.

Les autres enfants étaient en train de se rassembler sous le préau, mais elle n'a pas bougé.

6

Vers quatre heures, alors que maman était retournée au travail, je suis sorti un moment. J'ai longé la route en laissant glisser ma main sur le mur.

Je ne pouvais pas m'empêcher de laisser les paroles de Jules grandir en moi et m'étreindre. Pourquoi moi ? C'était tellement injuste. J'ai cherché quelque chose qui expliquerait pourquoi j'avais déclenché cette maladie. J'avais un grand vide à la place du cœur. Pourquoi pas un autre ? Pourquoi pas Jules ?

Je suis passé sous le pont de la voie ferrée. Le tunnel créait un courant d'air vif et, à cet endroit, la neige avait gelé sur le bord du trottoir. Elle s'accrochait en petits blocs grisâtres. Je me suis accroupi et, avec mon poing ganté, j'ai tapé de toutes mes forces jusqu'à me faire mal, pour décrocher un morceau de glace. Elle était déjà trop figée pour bouger et seules de toutes petites miettes ont roulé jusqu'à la route, comme des grains de sable sale.

C'est alors que j'ai vu la bouche d'égout.

En face de moi.

Le long du trottoir, dans l'ombre du pont, elle ouvrait sa gueule noire au monde.

Je l'ai contemplée un long moment. Quand j'étais petit, j'avais très peur des égouts. J'étais persuadé qu'ils menaient dans les entrailles de la terre, là où la lave bouillonne. À chaque fois que j'en voyais, je les contournais avec autant d'effroi que de fascination, persuadé que j'allais tomber dedans et me faire avaler.

Maintenant je n'ai plus peur des égouts. Mais j'ai toujours peur de tomber. Comme l'autre fois dans la cour. Peur que tout se voile encore.

En face de moi, la bouche a tremblé un peu. Je l'ai entendue chuchoter : *Je suis là, c'est moi !* Je me suis redressé en pensant qu'il fallait que je sois fou pour entendre parler du béton et du vide. J'ai regardé à droite et à gauche pour voir si quelqu'un d'autre l'avait entendue. Il n'y avait personne. Seulement moi et la voix.

J'ai traversé pour aller la regarder de plus près. La petite voix a insisté : *C'est moi…*

J'ai pensé aux entrailles et à la peur de mon enfance, et j'ai glissé la main dans la jambe de mon pantalon. Sans y penser vraiment, j'ai décroché le cathéter, puis j'ai sorti la pompe de sa pochette. J'ai contemplé le boîtier lumineux, ce "petit bijou d'électronique", comme disait mon père, et je l'ai jeté par terre devant le trou. Au-dessus de moi, un train est passé dans un fracas de ferraille épouvantable. J'ai mis mes mains sur mes oreilles et j'ai écouté le bruit des wagons s'entrechoquer.

Quand j'ai baissé les yeux, la bouche me souriait toujours. Alors, du bout du pied, j'ai doucement poussé ma machine.

Elle s'est fait engloutir.

J'ai souri de soulagement en me disant que finalement, ça avait été facile de se débarrasser de mon problème, quand une voix derrière moi a soufflé :

– Je crois que tu as fait une grosse bêtise...

Nous nous sommes assis à l'abri du froid, dans le renfoncement du mur sous

le pont. Je savais qu'il ne fallait pas que je traîne sinon maman allait s'inquiéter. Mais en même temps, la présence tranquille d'Anaïs me faisait du bien.

– Qu'est-ce qu'il va se passer ? s'est-elle inquiétée.

– Rien. En réalité, je ne suis pas vraiment malade.

Elle m'a regardé, soulagée :

– Ah non ?

– Non. C'est fini. Je me suis débarrassé de mon problème. Il n'y a aucune raison que ça revienne.

Puis pour changer de sujet, j'ai demandé :

– Tu étais là… comme ça ?

– Tu veux dire : par hasard ou par erreur ?

J'ai acquiescé en souriant.

– J'étais là pour toi. Je suis venue te dire merci pour tout à l'heure.

– Oh, ça…

J'étais soudain gêné. Et flatté. Elle était venue me dire merci. J'ai rougi en pensant qu'à aucun moment je n'avais pensé à la remercier d'avoir passé toutes ses récrés à mes côtés dans la cour des maternelles.

– Ma grand-mère pense que tu es un chevalier servant.

J'ai pouffé, sans savoir si elle se fichait de moi ou pas.

– Et les chevaliers servants sont rares à notre époque !

Elle s'est levée :

– Alors voilà, merci.

Et sans plus me regarder, elle s'est éloignée. J'ai bondi sur mes pieds :

– Anaïs…

Elle s'est retournée et m'a attendu. Seulement, arrivé à sa hauteur, je ne savais absolument pas quoi lui dire. J'ai improvisé :

– J'aimerais bien rencontrer ta grand-mère… pour…

J'ai médité un long moment :

– … boire un thé avec elle ?

Anaïs a éclaté de rire :

– Tu es trop drôle !

7

En rentrant chez moi, je n'ai rien dit à mes parents. Pour la première fois depuis le début de ma maladie, ils avaient prévu de sortir tous les deux. Au cinéma. Je leur ai assuré que tout se passerait bien et leur ai promis de me coucher tôt.

Avant qu'ils partent, j'ai scanné mon bras. Le lecteur a inscrit : 130. Le docteur de l'hôpital avait dit que si je manquais d'insuline, les chiffres allaient augmenter. À 300, j'allais souffrir. 400, j'allais vomir.

130, c'était parfait. Je suis monté dans ma chambre, un peu nerveux, mais confiant.

J'ai posé mon lecteur à côté de moi et j'ai attendu. J'ai pris une BD pour passer le temps. Quand je l'ai finie, j'ai refait une mesure.

300. Dehors, le ciel s'était totalement obscurci. Je me suis allongé sur mon lit et j'ai attendu un long moment. J'étais incapable de trouver le sommeil. J'écoutais. Je ressentais. J'ai hésité à lire un autre livre et finalement je me suis levé. J'ai descendu l'escalier. La maison était remplie d'un silence palpable. Je suis allé ouvrir le frigo pour me servir un jus de pommes glacé. Puis je suis allé aux toilettes et je suis remonté. J'ai tourné en rond dans ma chambre un bon moment. J'ai ouvert des tiroirs et j'ai sorti des vieux jouets. J'ai même retrouvé un doudou troué.

Quand je me suis recouché, il était presque onze heures. J'ai refait une mesure

en pensant que j'aurais dû dormir depuis longtemps. 400 !

400 et je ne sentais rien. J'allais bien ! Je me suis dit que le médecin avait menti. Ils sont comme ça, les docteurs. Et les parents aussi. Ils s'inquiètent pour un rien. Ils essaient de nous protéger sans se rendre compte que leur angoisse va nous étouffer.

J'ai pris un livre et j'ai lu jusqu'à ce que j'entende la clef dans la serrure et la porte s'ouvrir. Le bruit des talons de maman, le bruit d'un manteau qu'on enlève, papa qui toussote. Ça m'a fait du bien de les savoir là. Avant qu'ils montent à l'étage, j'ai vérifié une dernière fois. 500.

En m'enroulant dans ma couette, j'ai pensé à la bouche d'égout qui rigolait en avalant ma machine et j'ai rigolé avec elle.

Mon corps était plus fort que ça. J'avais gagné la partie.

La porte de ma chambre s'est entrouverte doucement et j'ai fermé les yeux. J'ai deviné mes parents, me contemplant en silence. Et moi, j'ai souri en pensant à demain. À leur tête quand je leur dirai : "C'est fini. Tout va bien. Je ne suis plus malade." Ils pourront respirer, je pourrai revivre. Nous pourrons être bien.

Sereins.

C'est vers deux heures du matin que j'ai senti une boule se nouer dans ma gorge. Je me suis réveillé en sursaut. J'avais tellement transpiré que mes draps étaient trempés. Je suis descendu en chancelant. La boule grossissait et j'ai à peine eu le temps d'arriver dans la salle de bains que j'ai vomi. J'ai bu encore, et encore. Et ma main tremblait si fort sur le verre que j'ai cru qu'il allait glisser par terre.

Alors j'ai compris. Mon cœur qui s'emballait. Mes jambes qui tremblaient. Cette soif terrible.

Mon corps m'avait abandonné.

8

En arrivant à l'hôpital, j'ai souri en voyant les monstres colorés sur les murs. Rien n'avait bougé. Mais cette fois, tout le monde m'a engueulé. Les infirmières, les aides-soignantes et le médecin qui a dû se lever au milieu de la nuit pour venir me soigner. Je tremblais et je vomissais tout ce que je pouvais, mais dès qu'on m'a fait des piqûres d'insuline, je me suis senti mieux.

Le seul qui a été heureux de me revoir, c'était Arthur.

Au petit-déjeuner, quand je suis entré dans la pièce du réfectoire, il a ouvert des yeux tout ronds. J'ai hésité à le reconnaître car il avait les joues creusées et il avait coupé sa frange. Mais c'était bien le même regard.

– T'es toujours là ? j'ai demandé, ravi.

– Et toi, t'es de retour ?

On n'a presque pas touché à notre plateau-repas. Lui parce qu'il n'avait pas faim et moi parce que j'étais encore nauséeux, mais on a beaucoup parlé. Je lui ai tout raconté : ma mère, l'école, Anaïs, la bagarre, puis mes malheurs de la veille. Il a éclaté de rire :

– T'as jeté une pompe de trois mille euros à la poubelle ?

– Pas à la poubelle, dans les égouts... c'est pas pareil...

– Non, c'est pire ! À la poubelle, on aurait pu la retrouver !

Je crois que mon idée l'a vraiment mis de bonne humeur.

Nous avons passé une grande partie de la journée dans sa chambre. De temps en temps, une infirmière entrait dans la pièce pour s'occuper de nous. Arthur était fatigué et il ne voulait pas courir dans le couloir en faisant le cheval. Alors on a joué aux cartes, on a regardé la télé, on a bavardé, puis on a boudé quand le docteur m'a encore grondé.

En fin d'après-midi, Arthur a décidé que son lit serait un bateau pirate.

– Interdit d'en descendre ! a-t-il ordonné.

Nous étions au large d'une île quand quelqu'un a frappé à la porte. Nous n'avons pas bougé, puis la porte s'est ouverte sur Anaïs et sa grand-mère. Elles avaient toutes les deux un sourire timide. On s'est regardés un moment tous les quatre en silence. Puis Arthur a dit :

– Entrez, on adore recevoir des dames.

Anaïs s'est avancée vers le lit et l'a regardé :

– Je m'appelle Anaïs, et voici Madeleine.

– Bienvenue chez moi, a répondu Arthur, je m'appelle Arthur.

Ça semblait très protocolaire, alors j'ai dit :

– Moi, je m'appelle Paul.

Et tout le monde a souri.

Madeleine a serré la main d'Arthur puis la mienne et, à petits pas, elle s'est approchée de la fenêtre. Elle a contemplé à

travers le vitrage l'enceinte grise du bâtiment et a déclaré :

– Eh bien, c'est moche par ici !

Puis elle a proposé :

– Vous voulez vraiment rester là ? Si nous descendions à la cafétéria ?

Elle est partie au bureau des infirmières pour demander l'autorisation, puis nous nous sommes dirigés vers l'ascenseur.

Nous marchions tous les quatre à petits pas. Madeleine parce qu'elle était âgée, Arthur parce qu'il était fatigué, Anaïs et moi parce qu'on n'arrêtait pas de se regarder en souriant bêtement.

Madeleine nous a offert des boissons, j'en ai pris une sans sucre, et nous nous sommes installés autour de la table.

On ne savait pas trop quoi se dire, alors on a bu en silence un petit moment en observant les gens qui entraient et sortaient du bâtiment. On était bien tous les quatre.

Anaïs s'est levée pour mettre sa canette dans la poubelle, puis elle m'a interrogé :

– Tu peux sortir quand ?

– Demain matin, j'ai soupiré.

Je n'avais pas envie de rentrer. J'avais envie de rester comme ça toujours. Avec Arthur, avec les monstres sur les murs, avec les visites de ceux qui m'aiment.

Arthur m'a poussé du coude :

– T'es pas content ?

J'ai haussé les épaules sans répondre, mais devant leurs regards intrigués, j'ai dû m'expliquer :

– Je déteste la récré. Depuis que je suis malade, rien n'est plus pareil. Ici au moins, je suis…

Je n'ai pas trouvé le mot. Arthur a complété :

– … protégé ?

– C'est ça… Quand je suis dehors, je voudrais qu'on m'oublie.

Madeleine a demandé :

– Qu'on t'oublie ou qu'on oublie que t'es malade ?

Je n'ai pas su répondre. Elle a continué :

– Ta maladie est difficile à comprendre. Tu ne la vois pas. Tu ne la sens pas. Mais elle t'attaque. C'est une maladie silencieuse… Tu dois parler à sa place !

Je l'ai regardée sans saisir.

– Fais quelque chose pour que tes copains comprennent ce que tu vis. Tu sais, quand les gens sont ignorants, ils disent des bêtises. Alors, explique-leur.

Arthur s'est redressé sur sa chaise :

– T'as qu'à faire un exposé !

Tout le monde a trouvé l'idée formidable, sauf moi. Ils ont tous insisté pour me convaincre et Anaïs a proposé qu'on se réunisse chez elle mercredi prochain pour qu'on le prépare ensemble. Madeleine a approuvé. Arthur aussi.

Les retrouver la semaine prochaine ? J'ai souri de plaisir à cette idée, et j'ai accepté.

9

J'ai attendu le mercredi avec une impatience grandissante. Mais le mardi, Arthur a appelé de l'hôpital pour repousser le rendez-vous. Heureusement, le mercredi d'après, il a confirmé.

Ma mère m'a déposé chez Anaïs et s'est gentiment laissé congédier par Madeleine.

J'étais heureux d'être là. Quelques minutes plus tard, une voiture ambulance s'est garée devant la porte du jardin. Le conducteur est sorti et il a aidé Arthur à descendre sans s'empêtrer dans les fils de sa perfusion. Une poche pleine d'un liquide transparent était fixée sur un long trépied métallique posé sur des roulettes. J'ai toqué au carreau de la fenêtre d'où je le guettais. Arthur a relevé la tête et a souri en me voyant. Accompagné de l'ambulancier, il a traversé la petite pelouse givrée en faisant bien attention de ne pas glisser puis a monté les trois marches du perron.

Anaïs et Madeleine sont allées leur ouvrir.

– Je reviens le chercher vers quatre heures, a dit l'ambulancier.

Il nous a laissés, tout à notre bonheur de nous retrouver.

Quand Arthur est entré dans le salon, il a fait "Waou…", en ouvrant des yeux pleins de plaisir.

J'ai confirmé :

– C'est classe, hein ?

Du feu brûlait dans la cheminée et Anaïs avait mis des épines de pin pour que ça sente bon. Tout était vieillot dans la pièce, les meubles en bois, la couverture tricotée sur le canapé, les rideaux marron aux fenêtres. Mais une guirlande multicolore avait été suspendue d'un abat-jour à l'autre et sa lumière clignotante égayait joyeusement la salle. Sur la table ronde, une nappe blanche était installée et un gâteau trônait sur un plateau ciselé.

Nous nous sommes mis au travail, près du feu qui crépitait. Sur différentes feuilles, nous avons noté les titres et les éléments de l'exposé. Je me suis déshabillé et je suis monté en caleçon sur la table à côté du gâteau pour qu'Arthur me prenne en photo avec mon attirail médical. J'ai profité de ce podium improvisé pour faire quelques mouvements de danse, puis j'ai montré à Anaïs mon déhanché impeccable. Arthur essayait de me viser avec son téléphone.

– Arrête de bouger, espèce de guignol !

Je me suis figé d'un coup, les mains ouvertes près de mes oreilles et la langue pendante. Arthur a pris la photo :

– Elle est parfaite, tu as l'air stupide…

Madeleine nous observait sans rien dire, même quand la table en bois a craqué sous mes pas. De temps en temps, elle saisissait la pince à feu pour remuer les braises ou ajouter une bûchette.

Arthur a eu une nouvelle idée pour finir l'exposé. Il voulait dénicher le nom d'un diabétique célèbre pour prouver que moi aussi, j'allais devenir quelqu'un d'incroyable.

Il a pianoté sur son portable un bon moment :

– Elvis Presley ?

Dans son fauteuil, Madeleine a froncé le nez d'un petit air désapprobateur. Pour la première fois, elle a protesté :

– Si je peux me permettre, on ne choisit pas un… quelqu'un comme lui comme modèle pour la jeunesse…

Arthur a repris sa recherche et nous a proposé quelques noms de sportifs, avant de s'écrier :

– J’ai trouvé ! Gary Hall Junior. Écoutez ça…

Il était soudain tout excité.

– C’est un nageur qui a remporté neuf médailles aux Jeux olympiques. Il a découvert son diabète juste avant les Jeux mais il n’a pas renoncé.

J’ai regardé l’écran du téléphone :

– C’est sa photo ?

Il était beau, musclé, bronzé et en caleçon de bain. Le sourire de la victoire accroché à ses lèvres, il croquait du bout des dents une médaille en or. Anaïs s’est penchée vers nous pour regarder à son tour et a approuvé :

– Il te ressemble en plus !

On a tous éclaté de rire.

Quatre heures approchaient. Je regardais l’horloge de plus en plus souvent avec l'appréhension grandissante de la séparation. Les feuilles de l'exposé étaient alignées sur la table. Il ne manquait plus que les photos prises avec le téléphone.

Je jetais sans arrêt des petits coups d'œil par la fenêtre de peur que l'ambulance arrive et soudain, je me suis exclamé :

– Oh, un hérisson !

Tout le monde s'est rassemblé contre le carreau. J'ai dû enlever la buée pour qu'on puisse voir l'animal traverser le petit jardin. Anaïs a demandé à sa grand-mère :

– Mais ça n'hiberne pas, les hérissons ?

– Si, a-t-elle répondu, perplexe. Peut-être nous annonce-t-il le début du printemps ?

– Le printemps avec du givre en milieu d'après-midi ?

On regardait encore le petit animal avancer quand j'ai vu Arthur enfiler son blouson.

J'ai sursauté :

– Tu fais quoi ?

– Je vais le voir.

Il a décroché sa perfusion de son trépied pour être plus libre dans ses mouvements et a enfoncé son bonnet sur ses oreilles.

– Je ne sais pas si c'est une bonne idée... a dit Anaïs, inquiète, en regardant sa grand-mère.

– Pourquoi ? a demandé Arthur d'une voix basse et légèrement agressive. Parce qu'il fait froid ? Ça fait des mois que je n'ai pas mis le nez dehors. Et j'ai jamais vu un hérisson en vrai !

Il a quand même tourné la tête vers Madeleine comme s'il guettait son accord. Elle a souri :

– Bien sûr que c'est une bonne idée ! Ma grand-mère disait toujours qu'il n'y a rien de tel qu'un petit vent frais pour vous ravigoter !

Nous avons tous mis nos manteaux et nous sommes sortis contempler l'animal. Quand il nous a sentis approcher, il s'est arrêté, effrayé, et a dressé ses piquants.

Arthur s'est avancé. Il s'est accroupi puis, lentement, il a glissé ses deux mains sous le ventre du hérisson pour le soulever. Il a pris l'animal au creux de son bras contre sa poitrine et a attendu.

Doucement, les piques se sont abaissées et Arthur s'est mis à le caresser. Personne n'a osé bouger pour ne pas les déranger. Il y avait quelque chose d'infiniment fragile et ténu entre eux. Arthur avec son visage maigre et souriant, et l'animal se laissant apprivoiser.

– Ils vont bien ensemble, a murmuré Madeleine, ils te font croire qu'ils vont te piquer, mais si tu les caresses, ils baissent la garde.

L'ambulance s'est garée devant la grille.

Anaïs s'est enfuie vers la maison pour cacher son émotion :

– Je vais chercher un carton, on lui donnera du lait !

10

Je leur ai tout expliqué. Avec mes panneaux accrochés au tableau de la maîtresse et les clins d'œil d'Anaïs pour m'encourager, j'ai fait mon exposé devant toute la classe.

J'ai raconté mes capteurs, mes mesures, mes cathéters et tous ces chiffres qu'il faut comprendre pour que j'aille bien. J'ai parlé du sucre qui circule dans mon sang. J'ai imité ma mère quand elle s'inquiète et là, tout le monde a rigolé.

À la fin, je leur ai confirmé que j'étais le même. Le même qu'avant. La maladie en

Jeudi 19
le diabète

plus. Et ils m'ont tous écouté. C'était incroyable. Pendant une heure, ils sont restés là sur leur chaise. Sans m'interrompre, sans bavarder, en levant le doigt pour poser une question.

Quand j'ai terminé, la maîtresse a applaudi et je suis retourné m'asseoir en évitant de justesse la petite tape affectueuse qu'elle a voulu me donner sur la tête.

C'est ce jour-là aussi que j'ai dit à ma mère que je voulais reprendre l'escrime.

Et que je ne voulais pas qu'elle m'accompagne pour le dire à l'entraîneur.

11

Quand je suis arrivé à la maison, il y avait une lettre sur la table du salon. D'habitude, maman ne laisse jamais rien traîner alors j'ai compris que c'était pour moi. J'ai retourné l'enveloppe. Quelqu'un avait dessiné un hérisson au crayon, avec des grands yeux qui louchent. J'ai compris que c'était Arthur et j'ai souri.

Je suis monté dans ma chambre pour être tranquille et j'ai fermé la porte. Je me suis assis confortablement sur le lit en calant un coussin dans mon dos. Je voulais savourer chaque mot.

Salut Paul,

Je me rappelle quand tu es arrivé à l'hôpital. J'ai pensé : Tiens, encore un minus. Je me suis approché et tes yeux rieurs se sont posés sur moi. Il y avait du soleil dans ton regard !

Alors moi, malgré tout mon malheur et ma révolte, je n'ai pas pu m'empêcher de te faire une grimace. T'as rigolé, et tout s'est effacé. Ça m'a fait chaud au cœur et j'ai compris qu'il fallait garder ça : le temps de rire et d'oublier.

Je t'écris cette petite lettre parce que j'avais envie de te parler, de te dire de t'accrocher. J'avais envie de te faire des blagues et de te voir t'amuser.

Hier j'ai lu un article sur le diabète. Je l'ai découpé et je te l'envoie. Je ne sais pas si tu vas comprendre, mais ça parle de greffe et de choses compliquées. Ils disent qu'un jour, ta maladie guérira. Ils cherchent vraiment en tout cas !

Ce qu'il faut, c'est que tu t'accroches en attendant demain.

C'est te dire que tout ira bien.

C'est comme ça. La vie est parfois injuste. Sans raison. Sans condition.

Tu sais, ce matin, j'avais envie de te tenir la main. Parce que de mon côté, ça s'est dégradé. Alors comme tu n'étais plus dans les couloirs, et que je n'avais aucun espoir que tu viennes me déranger, je me suis dit qu'il fallait que je t'écrive pour te dire au revoir.

Je t'embrasse, p'tite tête, on a bien rigolé.

Arthur

J'ai posé la lettre sur mon lit et j'ai déplié l'article. Pendant un bon moment j'ai lutté contre les larmes avant de réussir à lire. Le titre annonçait : "Diabète juvénile,

la recherche avance”. Dans l’enveloppe, il y avait aussi une photo. C’était celle où je dansais en caleçon sur la table en tirant la langue.

J’ai regardé l’écriture fine d’Arthur et j’ai vu son visage grandir. Il m’a envahi et j’ai fermé les yeux pour conserver son regard.

Puis j’ai senti sous mes paupières les larmes gonfler.

Et je me suis mis à pleurer.

12

J'avais les yeux fermés contre mon oreiller mouillé quand j'ai entendu toquer à ma porte. J'ai relevé mon visage, j'ai essuyé mes larmes avec ma manche et j'ai attendu, silencieux. Je n'avais pas envie de répondre, je ne voulais pas qu'on me regarde, je voulais être seul. La porte ne s'est pas ouverte, mais j'ai entendu la voix de maman derrière le battant :

– Paul ?

Je n'ai rien répondu, espérant qu'elle parte et me laisse avec ma peine.

Elle a insisté :

– Paul, Anaïs est en bas. Je lui ai proposé de vous emmener à la piscine.

J'ai attendu un moment en silence, essayant de sentir si mon chagrin allait encore exploser, puis j'ai ramassé quelques morceaux de sucre dans la coupelle sur ma table de nuit, je les ai fourrés dans ma poche et j'ai quitté ma chambre.

Quand je suis sorti de la cabine avec mon maillot de bain et mon bonnet qui colle, je ne faisais pas le malin. J'ai regardé dans le grand miroir mon corps tout maigrichon, mon air triste, mon cathéter contre ma cuisse, et mon capteur derrière mon bras. J'étais encore bien loin de ressembler à Gary Hall Junior !

Anaïs s'est approchée :

– On y va ?

Elle avait un maillot une pièce rouge brique qui avait dû appartenir un jour à sa grand-mère. On faisait bien la paire !

J'ai couru jusqu'au bassin et j'ai fait une bombe puis j'ai poursuivi Anaïs sur le carrelage glissant et j'ai dérapé. Le maître nageur a menacé de nous virer. J'ai tenté un saut périlleux depuis le plongeoir. Je l'ai presque réussi. Anaïs a poussé un cri de joie et m'a applaudi.

Et chaque fois que je plongeais la tête sous l'eau, dans les bruits aquatiques étouffés, j'entendais une voix résonner et me murmurer : *Prends le temps de rire et d'oublier*.

Jamais je ne me suis autant amusé à la piscine que ce jour-là.

De la même autrice

L'ANNÉE OÙ J'AI COMPRIS QUE JE N'AVAIS RIEN COMPRIS
illustré par Bruno Salamone

Pour leur rentrée en cinquième, Taloula et sa meilleure amie Adèle se sont inscrites aux activités de Radio Rainette, la radio du collège. À vrai dire, Taloula l'a fait pour être avec Aristide, un élève sportif sous le charme duquel elle est tombée. Ce qui a le don d'agacer Adèle. Entre les déboires de ses chroniques radiophoniques, ses premiers émois amoureux, les cours de soutien scolaire qu'elle donne à un insupportable bambin, elle se dit que, franchement, grandir, c'est épuisant.

COMMENT J'AI SURVÉCU À LA SIXIÈME
illustré par Bruno Salamone

Ses premières journées en sixième ne sont pas du goût de Taloula. Elle trouve ses profs nuls ; sa meilleure amie Adèle n'est pas dans sa classe ; pire, on l'a placée à côté de Jean, un clone de son insupportable frère. Un jour, en passant devant une animalerie, elle a un coup de foudre pour un écureuil trop mignon qu'elle veut absolument adopter. Mais comment réunir l'argent pour l'acheter ? Comment notre héroïne timide mais pleine d'imagination va-t-elle arriver à ses fins ? Un récit désopilant pour dédramatiser l'entrée au collège.

Dans la même collection

LES VACANCES QUI ONT TOUT CHANGÉ
Arnaud Dudek, illustré par Benoît Perroud

Ces vacances tombent à pic pour Gabin. Il faut dire que, depuis quelque temps, c'est ambiance de guerre à la maison entre ses parents. Direction donc Bollène-Mareuil, dans les Vosges, avec mamie. L'arrivée dans ce village de vacances pas tout neuf, avec sa clientèle pas toute jeune, n'enchante pas Gabin. Mais sa rencontre avec la jolie Manon, qui a son âge et pas sa langue dans sa poche, le fait changer d'avis. Ces deux-là deviennent inséparables. Et puis les résidents s'avèrent souvent drôles et attachants, du chasseur de mouches au roi des quiz.

UNE MIETTE ET DES PAILLETTES

Anne Rehbinder, illustré par Marta Orzel

Nouchka rêve de faire de la danse. Mais pas n'importe laquelle ! De la danse classique, pour bondir jusqu'au ciel et briller comme les étoiles. Sa mère, qui vient de lui apprendre qu'une petite miette grandit dans son ventre, accepte enfin de l'inscrire au cours de son quartier. Nouchka est folle de joie mais, à la barre, elle se découvre plus maladroite que la plupart de ses camarades… Comment traverser les épreuves et retrouver son enthousiasme quand la vie ne tient pas ses promesses ? Aidée de sa professeure, Carmen, Nouchka va apprendre à apprivoiser sa danse…

À LA POURSUITE DES PÉPITES

Jean-Charles Berthier, illustré par Éric Héliot

Dans la petite ville de Spruce Creek, l'or du marshal vient d'être dérobé. Une rumeur malsaine accuse les deux employés de la ferme Barrow – l'un fils d'un ancien esclave, l'autre Indien – d'avoir fait le coup. Convaincue de leur innocence, la jeune Madeline Barrow décide de mener sa propre enquête. Sauf que, au Far West, il est dur de se faire entendre lorsque l'on a treize ans et que l'on est une fille.

LE CLAN DES CABOSSÉS

DO YOU SPEAK ENGLISH ? (TOME 3)

Jo Witek, illustré par Walter Glassof

Alice est timide et déteste se retrouver au centre de l'attention générale. Pourtant, elle doit annoncer à ses amis l'arrivée surprise de sa correspondante anglaise. Seront-ils d'accord pour l'accepter ? À part Alice, personne dans la bande ne maîtrise la langue d'Harry Potter. Pas facile de se comprendre. Et derrière son sourire charmeur, la jeune Anglaise est loin d'être un ange… Et si elle gâchait les vacances ?

LE CLAN DES CABOSSÉS

RANGE TA PLAGE ! (TOME 2)

Jo Witek, illustré par Walter Glassof

Le Clan des Cabossés revient pour une nouvelle mission d'été. Arthur n'est peut-être pas très beau, mais il est super écolo. S'il a pris l'habitude qu'on le critique pour sa drôle de tête, en revanche il ne supporte pas qu'on se moque de la planète. Face aux bouteilles en plastique et autres déchets laissés sur la plage, il crie STOP. Gare aux pollueurs ! Et tant pis si ça chamboule la vie tranquille des vacanciers.

LE CLAN DES CABOSSÉS

PETITE PESTE (TOME 1)

Jo Witek, illustré par Walter Glassof

Écartez-vous, Jessie et sa bande débarquent ! Avec son franc-parler et son culot pas possible, Jessie fait trembler le petit monde de Valras-Plage et mène à la baguette le Clan des Cabossés. Des gamins hors des clous comme elle, avec qui personne ne veut traîner : Manuel qui bégaie, Arthur qui est un peu moche, Alice trop belle et trop timide. Mais derrière cette petite peste, n'y aurait-il pas un cœur tendre ?

Éditeur : François Martin assisté de Jeanne Dumurgier
Directeur de création : Kamy Pakdel
Maquette : Christelle Grossin

L'œuvre, revue par l'autrice, a fait l'objet d'une première édition non illustrée sous le titre *Des petits trous au bout des doigts*, © Actes Sud, 2014.
 – ISBN 978-2-330-20058-9
Loi 49-956 du 16 juillet 1949 sur les publications destinées à la jeunesse.

Reproduit et achevé d'imprimer en janvier 2025 par l'imprimerie Normandie Roto Impression s.a.s. à Lonrai pour le compte des éditions ACTES SUD, Le Méjan, Place Nina-Berberova, 13200 Arles
Dépôt légal 1re édition : février 2025 – Imprimé en France
N° impression : 2405767